# ESSAIS POÉTIQUES

SUR LES

# TROIS GENRES DE STYLE

Par A. DUPUY jeune

Membre honoraire de la Société d'Emulation de la Provence.

AVIGNON

IMPRIMERIE DE GROS FRÈRES

Rue Géline, 3,

—

1865

# ESSAIS POÉTIQUES

DÉDIÉ

à Frédéric MISTRAL

Avignon. — Impr. adm. Gnos Frères

# ESSAIS POÉTIQUES

## SUR LES

# TROIS GENRES DE STYLE

### PAR A. DUPUY JEUNE

Membre honoraire de la Société d'Emulation de la Provence.

Voulez-vous du public mériter les amours?
Sans cesse en écrivant variez vos discours ;
Un style trop égal et toujours uniforme
En vain brille à nos yeux, il faut qu'il nous endorme.
(BOILEAU, Art poet.)

Et ailleurs, Plutarque dit en parlant de Cicéron :

Προϊὼν δὲ τῷ χρόνῳ, καὶ ποικιλώτερον,

En avançant en age, il cultiva avec tant de bonheur
les *divers genres* de poésie, que, etc.

## AVIGNON
### IMPRIMERIE DE GROS FRÈRES
Rue Géline, 3,

—

## 1865

# ESSAIS POÉTIQUES

---

## DEUX MOTS AU LECTEUR.

Aujourd'hui, on ne veut plus seulement essayer de lire un auteur, un poète surtout, qui n'est pas déjà connu dans le monde littéraire, et l'on a quelque peu raison : tant de gens veulent s'imposer ! Mais pourquoi aussi ne pas essayer seulement de lire ? On en est quitte pour cinq minutes d'ennui et pour une bien petite perte de temps.

Aussi, je hasarde peu, et afin d'être plus court encore, point de préface, point d'avant-propos. Deux lignes seulement au lecteur pour lui donner, même préalablement, une idée du sujet, si le cœur ou la curiosité lui prend de lire une seule des sept pièces que je lui offre, dans le seul but de le distraire peut-être un moment par la lecture de mes petits *Essais*, à la composition desquels j'ai pu trouver moi-même une heureuse distraction au double malheur qui vient récemment de me frapper dans mes plus tendres affections de famille.

Ainsi, le sujet de la 1<sup>re</sup> pièce, *Lou Parpaioun prouvençau*, qui voltige tout d'abord sous vos yeux, c'est un papillon de province qui se laisse bellement prendre aux paroles mielleuses du gracieux provençal, lorsque, dans la 4<sup>e</sup> pièce, un autre papillon plus rusé, mais qui cependant était tombé dans les pièges d'un *papillonneur*, trouve, en adroit parisien, le moyen de se délivrer bientôt de sa captivité. J'ai placé, entre ces deux pièces, pour mettre ensemble les trois qui sont en vers provençaux, la fable où l'*Abeille*, qui n'est rien moins que la *Cigale* de La Fontaine, va vous donner à *sa Fourmi*, devenue malheureuse, une bonne leçon de charité.

Pour le style tempéré, j'offre la traduction *très-littérale* de la 1<sup>re</sup> idylle de Théocrite, *la mort de Daphnis*, qui est en grec un modèle de ce genre par ses admirables descriptions et par l'ornement des pensées, du moment surtout où Thyrsis commence à chanter, et qui est en même temps d'une salutaire leçon pour cette jeunesse qui se laisse aller à des amours insensées.

Enfin, pour le style sublime, *Simèthe*, ou l'*Enchanteresse*, du même Théocrite, au sujet de laquelle Racine a dit n'avoir rien vu de plus vif ni de plus beau dans toute l'antiquité, et puis la Batrachomyomachie, ou combat des rats et des grenouilles, ce charmant petit poème comitragique de l'immortel auteur de l'Iliade, brillent tour-à-tour des trois genres du sublime que je me suis efforcé de rendre le mieux que j'ai pu. Rien de pathétique, en effet, comme la 2e partie de l'Enchanteresse, où Simèthe, dans son monologue, exhale son indignation et son juste courroux contre son époux infidèle ; et rien d'émouvant comme cette guerre d'extermination,

Qui fut pire
Que celles des Romains et celles de l'Empire :
Ni Jupiter tonnant, ni Mars, dieu des combats,
Ne purent arrêter la fureur des soldats.

Et pour épuiser tous les *genres* de poésie, l'étonnante REINE DES ÉNIGMES termine ce petit livre si diversifié. Et pourquoi pas une *Enigme*? Méry et Alexandre Dumas se sont bien amusés et ont bien amusé le public, à faire des *Bouts-rimés !!*

# A M. ANTONI DUPUY.

Reçaupe emé plesi, moun bon Moussu, li dos fablo prouvençalo que vous plais de me semoundre. Vous peréu venès prouva que nosto lengo pòu, coume touto autro, vesti poulidamen uno bono pensado. Vous, letru asciença, praticant di lengo antico e entendu dins la franceso, noun vous parèis estrange que la nostro vague em' éli, coume uno fiho ounèsto que vai emé sa maire, coume uno gènto sorre qu'acoumpagno sa sorre. Gramaci dounc pèr elo d'aquel ate de respèt, e pèr iéu gramaci de vosto dedicàci.

**F. MISTRAL.**

Maiano (Bouco-dóu-Rose), 3 de nouvèmbre 1864.

# I

## LOU PARPAIOUN PROUYENÇAU.

Bèu parpaioun dis alo d'or,
Emé ti poulidi baneto ,
Tis iue redoun, ta taio mignouneto
E tant de gràci sus toun cor,
Que sies poulit! oh! que fas gau de vèire !
Arrèsto-te 'n moumen, que te toque un brisoun !
N'agues pas pòu, bèu parpaioun !
Èi que, segur, pode pas crèire
Que noun siegues un angeloun.
Vène, vène, emé ti patelo,
Me gatiha'n pau sus moun det, (1)
Pièi, t'envoularas mai tout dret
Mounte voudras, sus tis aleto.
Vendras après, se vos, dins moun pichot jardin;
I'ai perdu quàuqui flour : belèu soun pas requisto (2)
Coume aquéli qu'au champ as tóuti li matin,
Mai te lis òufre ansin qu'ansin,
Vène, costo rèn que la visto.
Pièi quet bonur sarić pèr iéu
Se poudiéu,
Em'uno flour mai que poulido,
T'alounga d'uno ouro la vido!

(1) Me chatouiller un peu sur le doigt.
(2) Recherchées par toi.

E parpaioun dis alo d'or,
Qu'a tant de gràci sus soun cor,
Emé si poulldi baneto,
Sis iue redoun, sa taio mignouneto,
·S'envisco dins lou mèu, (1)
Tout bèu !

(VOIR LA 4ᵐᵉ PIÈCE.)

---

## II

### LA FOURNIGO E L'ABIHO

**Uno Leiçoun à la Fournigo de Moussu de Lafontaine. (2)**

L'ivèr d'après, nosto Fournigo,
Que boudenflo coume uno figo,
A peno poudié camina,
Trovo un jour soun trau tout cura.
Pèr quau? n'en sabe rèn, n'èi pas bèn necessàri ;
Quau vous dis qu'èi lou cat, quau vous dis qu'èi lou gàrri,
Basto, acò fai pas mai,
Lou trau èro cura. Oh! pèr acò que fai,
Que malur ! Rèn de rèn ! pa 'no busco de paio !
Que li gènt soun marrit! Que fau èstre canaio !
Coume passa l'ivèr ! Mounte cerca de pan ?
L'Abiho n'èi pas liuen, la vai trouva : pan ! pan !
— Quau es aqui ? — Es iéu. — Bonjour, madamisello !
Sian rare coume un sòu ; e quento bello estello...?

(1) Se laisse prendre à ces paroles mielleuses

(2) J'ai traduit aussi en provençal, la fable, *La Cigale et la Fourmi* de Lafontaine, dont celle-ci est la contre-partie.

Anen assetas-vous, fagués pas de façoun....
Belèu sias pas countènto...— Ai ! las ! vesino, noun.
Sabes pas pèrqu'eici m'envène bèn ountouso?..
— Pancaro, disès dounc.... — Siéu la pu malurouso
De tout lou vesina ; fau me fairo un plesi...
— Dous, ma bello, se pode. Anen, vite ! entre ami
Fau toujour s'assista ; qu'èi que vous charaviho ? (1)
— M'an cura moun granié, n'ai plus rèn, pauro mìo !
M'an pres, d'un soulet cop, tóuti mi prouvesioun !
Siéu, desempièi aièr, dins la desoulacioun.
Pièi, ai pensa que vous, que sias tant vouloumtouso (2),
Bono coume lou pan, e richo, e generouso,

Aurias pieta, segur,

De moun malur !

Dounas-me quaucarèn, siéu touto enequelido (3),
Vous lou rendrai pu tard, se Diéu me presto vido.
— Ah ! ah ! ie dis l'abiho, escouta 'n pau eici :
Es iéu que, l'an passa, me mascant en cigalo,

Enveloupado dins sis alo

Anère, pauro ountouso, à voste oustau aussi ;
De-que me diguerias ? « Ah ! ah ! ma poulideto,

« Ah ! cantavias de cansouneto !

« Eh bèn ! aro, dansa ! »

Eh bèn ! se, coume vous, aro, madamisello,

Vous anave envita

A canta,

Sarias-ti pas bien bello ?...
N'agues pas pòu : ai mai de religioun qu'acò ;
Vaqui de pan, de vin, de mèu, tout à gogò ; (4)
Aro, deman, toujour. Vous demande rèn aurre, (5)

Tant soulamen

Pèr pagamen,

Qu'uno autro fes sounjès à soulaja li paure !

(1) Qu'est-ce qui vous inquiète ?
(2) Si bienveillante.
(3) Dans un état complet d'inanition.
(4) A discretion.
(5) Rien autre chose.

# III

## A MISTRAL.

Quand lou Mistrau, coume un tounerro,
Part dóu trau mounte trop longtèm
Eolo, lou mèstre di vènt,
L'avi' encheina ; lou cier, la terro,
La mar, tout tramblo davans éu :
Li chaine sus terro fernisson,
Sus mar, li barco reboumbisson,
E l'ome s'estouno peróu:

Mai quand Mistrau, de sa bello amo
Boufo pèr li simple coume éu,
Saup pas d'èstre coume un soulèu
Reviscoulant tout de sa flamo.
Alors s'espandisson li flour,
L'aucèu ramajo, la bergiero
Danso, canto près di bruiero,
Mirèio soulo éi dins li plour !

FIN DES POÉSIES PROVENÇALES.

A l'occasion de ces Pièces *comtadines* de naissance , et que j'ai laissé habiller en *provençales*, lesquelles, du reste, ne sont que la 20ᵉ partie de mes *Essais*, dont toutes les autres sont françaises, un de mes amis m'écrivait avant l'impression : « Vous « quittez notre drapeau et passez dans le camp ennemi ; les Fé- « libres vont travestir vos pièces de telle sorte que vous ne les « reconnaîtrez plus vous-même et que personne ne les com- « prendra ; vous paraissez enfin renier vos principes. »

Je répondis à mon ami:

1° Je ne puis pas quitter un drapeau que vous n'avez pas encore déployé ; 2° je ne passe pas dans un camp ennemi, car en littérature, on discute ses opinions, chacun garde ou modifie les siennes, et l'on demeure bons amis ; 3° je comprendrai fort

bien le langage qu'on me fera parler, (et en effet, pas une expression n'y a été changée) et le plus grand nombre le comprendra,
car la Provence et le Languedoc sont plus vastes que le Comtat,
et les Comtadins entendent fort bien le Provençal. 4° Mais pour
ce qui est de me voir accuser de renier mes principes en cette
matière, écoutez-moi donc : j'approuve fort l'orthographe ration-
nelle et facile que vous et d'autres auriez voulu voir appliquer à
notre idiôme populaire; mais citez-moi, je vous prie, six poètes,
citez-m'en quatre seulement,qui orthographient cette langue absolu-
ment de la même manière que vous faites et que j'ai fait, moi
aussi. Or, aujourd'hui que j'écris pour le public, et que mes pièces, si elles ne restent pas dans les rayons poudreux d'un libraire,
pourront faire le tour de tout le midi, je crois devoir adopter le
système le plus accrédité, système approuvé par les académies
méridionales, qui manque moins de logique que nous ne croyions,
et je m'incline devant l'imposante majorité des suffrages. Déployez
votre drapeau, exposez vos principes dans une brochure publi-
que, résumez-les en un code grammatical, qui soit approuvé et
adopté pour un corps plus nombreux et plus respectable que
celui des Félibres, et je retourne à vous en vertu même de mes
principes, auxquels vous me dites faillir.

Eh quoi, d'ailleurs ! je dédie mon travail à l'auteur de *Mireille*,
qui veut bien l'accueillir en m'exprimant toutes ses sympathies,
par un serrement de main ; ce poète, hors ligne, que l'Académie
française a couronné, et que beaucoup de savants sont déjà venus
visiter, veut bien réviser de sa plume des pièces écrites en une
langue dans laquelle il fait autorité, et cela, pour les rendre
plus accessibles à l'intelligence d'hommes les plus compétents,
et je récuserai cet Aristarque, ce véritable ami d'Horace qui me
dit *hoc et hoc corrige, sodes?* Je voudrais bien, certes, qu'un Dumas, un Méry, ou un Lamartine me fit l'honneur de tourner et re-
tourner son *style* sur mes vers français ! comme j'en serais fier
et comme je serais sûr alors de voir le public les bien accueillir !

Allons donc ! convenez plutôt que ce n'est là, de ma part, qu'un
acte de condescendance, que tout mon crime est de sacrifier l'or-
gueil à l'humilité; et si vous me condamnez pour ce crime, j'en
appelle en cassation devant le public qui me lira.

# IV

Allons ! relève-toi de terre,
Mon chéri, mon beau papillon !
Tantôt, là-bas, dans mon parterre,
Tu plongeais si gaiment ton petit aiguillon
Dans cette rose épanouie !
C'est la même fraîche-cueillie
Qu'exprès je remets sous tes yeux ;
Reprends, beau papillon, ton vol si gracieux !

Dis-moi, pourquoi cette tristesse ?
Suce, suce donc cette fleur ;
Sur tes ailes avec prestesse
Ensuite t'élevant dissipe ta douleur.
N'est-il plus de suc dans la rose ?
Est-elle déjà trop éclose,
Trop rude pour ton corps soyeux ?
Reprends, beau papillon, ton vol si gracieux !

Tiens, voici de la pâquerette,
De l'hyacinthe et du jasmin,
Choisis, et puis dans ma chambrette
Vole, vole partout, dissipe ton chagrin :
Repose-toi sur ma toilette,
Sur mon fauteuil, sur ma douillette,
Sur tous mes effets précieux ;
Reprends, beau papillon, ton vol si gracieux !

.•.

Voltige autour de ce bel ange
Qui dort dans son petit berceau ;
Tu pourras pomper sur son lange
Quelque goutte d'un lait pour toi d'un goût nouveau :
Puis, si tu veux , la mère heureuse
T'offrira la source laiteuse
Pour vous désaltérer tous deux ;
Reprends, beau papillon, ton vol si gracieux !

.•.

Dis-moi, que puis-je donc encore
Pour te faire oublier les champs ?
Ici sont les présents de Flore,
De l'ombre et du soleil, sans les rigueurs du temps ;
Mais à l'abri de toute atteinte,
Tu peux voler, dormir sans crainte
Dans un séjour délicieux ;
Reprends, beau papillon, ton vol si gracieux !

.•.

Reprends donc ta vigueur première,
Tu ne peux plus rien désirer ;
Tout est ici fait pour te plaire ;
Quel bonheur pourrait-il au tien se comparer ?
Manques-tu d'air, cher petit être ?
Tiens !.. Et soudain par la fenêtre
Mon papillon s'envole aux cieux !...
Reprends, beau papillon, ton vol si gracieux !

# V

~~~~~~~~~~~~~~~~~~~

## LA MORT DE DAPHNIS.

*Paulo majora canamus.* **Virg.**

**Traduction de la première Idylle de Théocrite. (1)**

~~~~~~~~~~~~~~~~~~~

THYRSIS, Berger, et UN CHEVRIER.

**THYRSIS.**

Le pin majestueux qui borde ces fontaines
S'agite avec un tendre et doux frémissement, (2)
Mais ta flûte, chevrier, sous ces antiques chênes,
Résonne plus encore harmonicusement.
Au dieu Pan, à Pan seul tu rends un digne hommage,
Mais après lui, du chant à toi le prix d'honneur ;
De tes divins accords une chèvre est le gage,
Si Pan reçoit un bouc, comme premier vainqueur.
Que s'il préfère au bouc la chèvre, une chevrette
Sera de tes accents le juste et digne prix ;
Tant que tes mains, chevrier, ne l'ont pas encor traite,
La chair de la chevrette est d'un goût fort exquis.

### LE CHEVRIER.

Pour moi, berger, tes chants sont bien plus doux encore
Que ne l'est le murmure enchanteur de ces lieux
Que, de l'aurore au soir et du soir à l'aurore,
Font entendre les eaux de ce roc sourcilleux ; (3)
Si nous faisons couler pour nos Muses chéries
Le sang d'une brebis, tes délicieux chants
Nous feront visiter toutes nos bergeries
Pour choisir un agneau digne de tes accents ;
Que si ces Déités préfèrent pour victime
Cet agneau pur et tendre au sang de la brebis,
La brebis, cher Thyrsis, alors chantre sublime,
Sera de tes accords le juste et digne prix.

### THYRSIS.

Viens ici, viens, ami, sur la verte fougère,
Je t'en conjure au nom des Nymphes de ce bois !
Aux pieds de ces coteaux, vers cette humble bruyère,
Viens faire résonner les sons de ton hautbois ;
Cependant, moi, chevrier, je garderai tes chèvres. (4)

### LE CHEVRIER.

Ma flûte n'oserait, à cette heure, berger,
Faire entendre des sons près de ces hauts genièvres,
Car, au milieu du jour, Pan, pour se soulager,
Fatigué de la chasse, à l'ombre de ce chêne
Goûte le doux sommeil ; je redoute ce dieu,
Cet irascible dieu dont l'implacable haine
Est prompte à s'enflammer. Viens plutôt en ce lieu,

Berger, chantre divin, aux accents admirables,
Quand surtout de Daphnis tu chantes le trépas !
Viens chanter de Daphnis les malheurs déplorables,
Sous le feuillage épais de ce hêtre, à deux pas
Des Nymphes de ces eaux et du velu Priape,
Qui mille fois témoins t'ont déclaré vainqueur,
En te ceignant le front d'une flexible grappe,
Quand du chant un berger t'a disputé l'honneur.
Vois s'unir les rameaux de ces frênes antiques ;
Ils nous offrent leur ombre : oh ! viens-y donc, Thyrsis !
Si tu me fais jouir de tes chants harmoniques,
Ces chants, jadis vainqueurs du Lybien Chromis,
Alors, jusqu'à trois fois je te laisserai traire
Ma Cissèthe... Vois donc ces deux chevreaux si frais :
Elle est de tous les deux la nourrice et la mère ;
De plus, soir et matin, chaque jour je la trais. (5)
Je te réserve encore une superbe coupe (6)
A deux anses, enduite au dedans, au dehors,
D'une cire odorante, et dont un riche groupe
De lierre et d'hélichryse orne les larges bords. (7)
L'artiste a récemment fait cette œuvre parfaite ;
L'intérieur présente un chef-d'œuvre divin ;
Une femme en relief, dont une bandelette
Fait toute la parure avec un voile fin.
Deux hommes à côté, la tête adonisée,
Se disputent en vain son regard et son cœur ;
Elle, on la voit sur l'un diriger sa pensée,
Tout en jetant sur l'autre un regard séducteur.
Tout près de là s'élève une roche escarpée
Où l'on voit un pêcheur traînant un lourd filet

Qu'il va mettre à la mer ; sa vieillesse avancée
Lui défend les efforts qu'en ce moment il fait ;
De partout sur son cou l'on voit gonfler ses veines,
Et la vigueur de l'âge est sous ses blancs cheveux.
Puis, d'un riant coteau des vignes peu lointaines
Ploient sous le lourd fardeau de grappillons nombreux ;
Un jeune enfant les garde, assis près d'une haie,
Contre deux fins renards qui guettent le moment
Où l'un vole une grappe à travers la futaie,
L'autre, le déjeûner du gousset de l'enfant ;
Car l'enfant, occupé de sa superbe cage,
Qu'il tresse en enlaçant le chaume avec le jonc,
Ne soigne ni raisins ni sa poche au fromage,
Et cherche à captiver sauterelle et grillon.
De la coupe en un mot un acanthe flexible
Embrasse les contours, chef-d'œuvre éolien
Que voir sans l'admirer te serait impossible.
Je la tiens des bontés d'un Calydonien,
Intrépide nocher qui reçut en échange,
Un beau fromage exquis, et de tout mon troupeau
La chèvre la plus grasse et d'un poil tout étrange.
Ses bords, jamais, Thyrsis, n'ont effleuré la peau
Des lèvres d'un mortel. (8) Or, je te la dédie,
Si tu me fais ouïr les accents de ta voix. (9)
Je suis bien loin, berger, de te porter envie, (10)
Mais j'admire ton chant ; fais-le entendre à ces bois.
Pour qui, d'ailleurs alors tes chansons pastorales ?
Qui donc pourront charmer tes chants harmonieux ?
Est-ce le noir Pluton , les Ombres infernales,
Et les sourds habitants du séjour oublieux ?

THYRSIS.

> Commencez, ò Muses chéries,
> Commencez un chant pastoral ;
> Chantez, ò Muses attendries ⎫ (11)
> De Daphnis le trépas fatal ! ⎭

C'est Thyrsis !... De l'Etna le pasteur solitoire
Va chanter !... Écoutez, c'est la voix de Thyrsis ! (12)

*(Invocation.)*

Nymphes, que faisiez-vous ? Nymphes, pourquoi vous taire (13)
Quand l'amour consumait le malheureux Daphnis ? (14)
L'Acis ne vous vit point sur sa rive sacrée,
Ni l'Etna, ni l'Anape au cours impétueux.
Étiez-vous au vallon qu'arrose le Pénée ,
Ou bien dans ceux du Pinde, au sommet ombrageux ?

> Commencez, ò Muses chéries,
> Commencez un chant pastoral ;
> Chantez, ò Muses attendries,
> De Daphnis le trépas fatal ! (15)

Les tigres et les loups, au fond de leur tanière,
> Pleuraient Daphnis mourant,
Et le lion dompté déchirant sa crinière,
> Pleurait en rugissant.

> Commencez, ò Muses chéries, etc:

Les bœufs et les taureaux s'offrant aux sacrifices
> A ses pieds s'abattaient, (16)
Et mille jeunes veaux, à côté des génisses,
> Avec elles beuglaient.

> Commencez, ò Muses chéries, etc.

Mercure fut des dieux le premier à paraître
      Du céleste séjour ;
Mais, qu'as-tu donc, Daphnis ? Daphnis, fais-moi connaître
      L'objet de ton amour ?

      Commencez, ô Muses chéries, etc.

Pasteurs, bergers, chevriers, en foule d'apparaître, (17)
      Tous brisés de douleur ;
Mais, qu'as-tu donc, Daphnis ? Daphnis, fais-nous connaître
      Pourquoi cette langueur.? (18)
Priape vint aussi ; Daphnis, dans le silence
      Sa vie accomplissait,
Et de l'Amour blessé subissant la vengeance
      D'amour dépérissait.

      Commencez, ô Muses chéries, etc.

Vénus vint à son tour ; la perfide déesse
      S'avance en souriant,
Et couvrant sa gaîté d'une feinte tristesse, (19)
      Lui dit malignement :
Comment, pauvre Daphnis ! Tu te vantais naguère
      De triompher de moi,
Et voilà qu'aujourd'hui je comble ta misère
      Et triomphe de toi !

      Commencez, ô Muses chéries, etc.

« Odieuse Vénus ! Vénus impitoyable,
      « Lui répondit Daphnis,
« Des malheureux mortels ennemie implacable,
      « Nouvelle Némésis !
« Jouis de mon malheur !... Mais, va !... pour toi, cruelle,
      « Même dans les enfers,

« Je serai le sujet d'une honte éternelle
  « Et de regrets amers ! »

    Commencez, ô Muses chéries, etc.

« Farouches habitants de ces grottes profondes, (20)
  « Recevez mes adieux ;
« Adieu, vallons, coteaux et montagnes fécondes,
  « Daphnis quitte ces lieux !
« Fleuves, qui conduisez vos ondes argentines
  « Dans celles du Thymbris,
« Recevez, comme vous aussi, chères collines,
  « Les adieux de Daphnis !

    Commencez, ô Muses chéries, etc.

« C'est moi qui suis Daphnis qui sur vos bords humides
  « Fit paître ses troupeaux,
« Qui fit désaltérer dans vos ondes limpides
  « Ses boucs et ses taureaux !

    Commencez, ô Muses chéries,
    Commencez un chant pastoral ;
    Chantez, ô Muses attendries,
    De Daphnis le trépas fatal !

    *(Il tombe dans le délire.)*

« Et toi, Pan, que tu sois dans les fertiles plaines
  « Des bords Béotiens...
« Ou bien sur le sommet des immortelles chaines
  « Des monts Arcadiens...
« D'Hélice, à mon appel, quitte le promontoire,
  « Ou le mont Hélicon,
« Le mont Ménale, ou bien la tombe expiatoire...
  « Du fils de Lycaon !

Suspendez, ô Muses chéries, (21)
Suspendez ce chant pastoral ;
Et vous aussi, Parques impies,
Suspendez le ciseau fatal !

*(Il se reprend un peu.)*

« Viens, ô roi des bergers ! tiens, reçois cette flûte
   « Que je fis de mes mains ;
« J'en unis les tuyaux, d'où toujours dans la lutte
   « Tirant des son divins,
« Je vainquis, sans égal, les chantres d'Arcadie,
   « Par de tendres accords,
« Et, vaincu par l'Amour, dieu de la perfidie,
   « Je vais aux sombres bords !

Suspendez, ô Muses chéries,
Suspendez ce chant pastoral ;
Et vous aussi, Parques impies,
Suspendez le ciseau fatal !

*(Il retombe dans le délire et se meurt.*

« Désormais fleurissez, croissez, ô violettes (22)
   « Sur l'arbuste épineux,
« Et, toi, genièvre, sois au sein des bergerettes
   « Narcisse gracieux !
« Que tout soit renversé ! Que le pin des campagnes
   « Porte le meilleur fruit ;
« Que le cerf enhardi prenne sur les montagnes
   « Le chien qui l'y poursuit ;
« Et que dans les bosquets se taise Philomèle,
   « Victime de mon sort,
« Devant le noir hibou... qui chantera mieux qu'elle...
   « Puisque Daphnis est mort !! » (23)

Finissez, ô Muses chéries,
Cessez votre chant pastoral ;
Assez, assez, Parques impies!
Retirez le ciseau fatal !

Et Daphnis expira. La cruelle déesse
Voulut alors en vain
Relever de la mort celui dont la tigresse
Avait fait le destin.
Daphnis est mort ! Pleurez, Muses, Nymphes sensibles,
L'élève d'Apollon ;
Daphnis est englouti dans les gouffres horribles
De l'avare Achéron !

Assez, assez, Muses chéries,
Retournez auprès d'Apollon ;
Assez, assez, Parques impies,
Retournez chez le noir Pluton! (24)

*(Le chant fini, Thirsis continue.)*

Et maintenant, chevrier, accomplis ta promesse ;
Délivre-moi la coupe et la chèvre. Je veux
En trois libations aux Muses du Permesse
Offrir aussi le lait pour accomplir mes vœux.
Muses, acceptez donc de Thyrsis cet hommage ;
Il vous réserve encor de plus dignes accents ;
Adieu, Muses, adieu !

### LE CHEVRIER.

Tu recevras ce gage
De ma bonne amitié. Que, pour de si doux chants,
Thyrsis, du mont Hybla le doux miel des abeilles,
Et la figue d'Attique à l'exquise saveur,

L'un coule abondamment sur tes lèvres vermeilles,
L'autre mette en ta bouche une suave odeur !
Prends la coupe, Thyrsis : comme elle est embaumée !
Quel arome ! sens donc ; eh ! ne dirait-on pas
Qu'elle a pris cette essence à la source sacrée,
Des Grâces parfumant les indiscrets appas ?

Et toi, viens maintenant, viens ici, ma Cissèthe ! (25)
Viens, ma chèvre chérie. Allons ! trais-la, Thyrsis,
Et tes vœux accomplis, au son de ma musette,
Fais trois libations AUX MANES DE DAPHNIS ! (26)

*Et demain, chevrier, quand ta chère Cissèthe aura renouvelé son bon lait, permets-moi, à mon tour, de faire trois libations sur la triple tombe sacrée d'une mère vénérable, dont les longs jours furent marqués par autant de bienfaits; d'une épouse adorée, qui, elle aussi, s'éteignit d'amour, mais de l'amour le plus légitime, l'amour maternel, et d'une fille chérie, qui, mère elle-même, à l'âge de 21 ans, voulut les précéder de quelques jours dans l'éternité, pour aller, avec son ange, leur ouvrir les portes du ciel !*

FIN.

---

## NOTES

(1) Théocrite, poète grec, a illustré la Sicile par ses talents, sous les lois du jeune Hiéron, 3 siècles avant Jésus-Christ. Il est regardé comme l'inventeur de la poésie bucolique, genre dans lequel Virgile l'a imité dans ses plus belles églogues.

(2) Le mot *frémissement* me paraît parfaitement rendre le PSITHURISMA de Théocrite, que Virgile a traduit par *sibilus*, expression bien moins riche que celle du grec.

(3) Virgile a dit : *Nec percussa juvant fluctu tam littora, etc.*

(4) Et ailleurs: *Incipe ; pascentes servabit Tityrus hædos.*

(5) Virgile a dit : *Bis venit ad mulctram, binos alit ubere fœtus.*

(6) *Pocula ponam, etc.* Virgile est plus bref dans la description de sa coupe, mais celle de Théocrite est si belle et si riche de poésie, qu'on serait bien fâché de ne pas l'y trouver.

(7) Pline appelle cette plante héliocryse. Sa fleur a la couleur de l'or.

(8) L'auteur latin a dit: *Necdum illis labra admovi.*

(9) Au sujet de cette coupe, dont Fontenelle trouve le récit trop long, Planche a dit : Fontenelle s'étonne qu'un si grand nombre d'objets puissent être représentés sur une coupe. Il n'en eût pas été surpris, s'il eût su que ces sortes de vases dont se servaient les bergers de Sicile, étaient fort grands, et ressemblaient plutôt à des urnes qu'à des coupes.

(10) *Non equidem invideo, miror magis!*

(11) Ces deux vers ne sont pas dans le texte ; je les ai ajoutés pour finir le refrain.

(12) Exorde du style antique. Les anciens, dans leurs ouvrages, commençaient par leur nom et celui de leur patrie. Hérodote commence ainsi son histoire : HERODOTOU ALIKARNASSÈOS, etc.

(13) Virgile : *Quæ nemora aut qui vos saltus habuere puellæ, Naiades, etc.*

(14) D'après une tradition, suivie par Théocrite, et d'une grande leçon pour la jeunesse, le berger Daphnis demeura longtemps insensible, et eut même la hardiesse de défier hautement le pouvoir de Vénus, lorsqu'enfin cette déesse, pour s'en venger, le fit subitement passer de la plus sévère modestie aux plus déplorables emportements de l'amour. Consumé par le désordre et l'agitation de ses sens, il tomba dans une langueur qui termina ses jours à la fleur de son âge, dans les solitudes du mont Etna, sur les bords de l'Acis, où il avait passé la plus innocente et la plus heureuse jeunesse. (Voir Geoffroy et Planche.)

(15) Ici commence le récit *de la mort du Chantre de Sicile.* Voilà pourquoi j'ai cru devoir employer un nouveau rhythme qui, par la cadence des vers, semble mieux convenir au sujet. C'était, du reste, le chant de prédilection du jeune Thyrsis, comme on le voit au 19ᵉ vers du texte grec : TU GAR... TA DAPH. NIDOS ALGEA EIDES... Et dans ma traduction : « aux accents admirables,... Quand surtout de Daphnis tu chantes le trépas. »

(16) Virgile : *Stant et oves circum.*

(17) Virgile : *Venit et upilio, tardi venere bubulci, etc.*

(18) Virgile : *Omnes : unde Amor iste ?*

(19) Le MEN LATHRÈ d'un côté, et le ANA DE ECHOISA, de l'autre, ne sont pas rendus dans l'interprétation latine par : *Animo graviter irato erat.* La tristesse de la déesse n'était que feinte, car elle est intérieurement, dit le texte, GUÉLAOISA, joyeuse.

(20) Après avoir adressé ses adieux aux montagnes et aux vallées, il ne faut pas s'étonner que le chantre mourant les adresse aussi aux animaux les plus farouches qu'il avait su s'apprivoiser par la douceur de ses chants. Théocrite ne mérite donc pas ce reproche de Fontenelle, dont la critique trahit toujours une jalouse acrimonie.

(21) Comme à partir du premier délire de Daphnis, Théocrite a cru devoir changer le refrain, j'ai jugé à propos et naturel, avant de faire dire à ses Muses *finissez*, que je réserve pour la fin, ce second refrain, *suspendez*, etc., car le héros n'est pas mort encore.

(22) *Male ferant quercus, narcisso floreat alnus !* Virg.

(23) Remarquez les deux derniers mots qui sortent de la bouche de Daphnis expirant : *Philomèle* et *hibou ;* l'un représentant *la vie des champs*, et l'autre *les ombres de la mort.* Comme c'est naturel !

(24) Ces quatre vers ne sont pas dans le texte grec, qui répète le refrain : *Finissez, ô Muses chéries, etc.*

(25) KISSAITHA, Cissèthe. Ce mot nous est resté. Nous employons ici, dans le midi, le mot de Cissèthe, appliqué aux charmants petits animaux domestiques et même aux petits enfants : *Viens, ma petite Cissèthe, viens !* Comme nous disons : Viens, ma *poule;* viens, mon petit *bichon.*

(26) Geoffroy et Planche n'ont pas rendu le dernier vers du texte grec. Pour moi, je l'ai remplacé par ce dernier, qui suppose une telle satisfaction de la part du chevrier, qu'il double la récompense promise au chantre en le laissant traire trois fois de plus sa Cissèthe, heureux qu'ils doivent être l'un et l'autre, en finissant, de rendre cet honneur aux mânes du malheureux Daphnis.

## A MON EXCELLENT AMI A. DUPUY.

Il appartenait à celui qui fut le meilleur des époux, de chanter avec tant de sentiment et de poésie les douleurs et le désespoir d'une épouse indignement délaissée.

Je prédis à vos *Essais poétiques*, qu'on lit avec tant d'intérêt, tout le succès qu'ils méritent.

Votre tout dévoué

**A. PERRIN.**

Marseille, le 27 décembre 1864.

## VI

A mon meilleur ami A, PERRIN , homme de lettres.

---

# SIMÈTHE

ou

# LE SACRIFICE MAGIQUE (*)

---

## PREMIÈRE PARTIE

### SIMÈTHE ET THESTILIS.

*Enchantement.*

Où sont donc, Thestilis, les lauriers et le Philtre ? (1)
Vite, hâtons-nous donc !... Que dans son cœur s'infiltre
L'amour le plus brûlant, ou le plus prompt poison !
De mon perfide époux assez de trahison !...

---

(*) Cette magnifique Idylle de Théocrite, chef-d'œuvre de poésie, contient deux parties : dans la première, Symèthe et son esclave préparent, dans un sacrifice magique, le breuvage par lequel, ou bien Delphis reviendra à son épouse délaissée, ou bien il périra victime de son infidélité. Dans la seconde partie, Simèthe seule rappelle l'origine de son funeste amour.

La scène n'est éclairée que par la pâle lueur d'un brasier ardent et d'une petite lampe suspendue à l'âtre de la cheminée, sur laquelle on aperçoit un grand globe d'airain.

D'une bande de pourpre, allons ! ceins le cratère ;
Implorons contre lui les secours de la terre
Et des dieux infernaux !... Déjà l'astre du jour
A du noir firmament fait douze fois le tour,
Depuis que, sous les coups de son impatience,
Ma porte a retenti. Poignante indifférence !
Il ne sait même plus si je respire encor,
Lui, dont j'étais l'unique et précieux trésor ;
Sans doute que Vénus a dirigé son âme
Vers un objet plus cher, plus digne de sa flamme...
Ingrat ! Mais aussi, va ! moi-même, dès demain,
Je veux me transporter au Gymnase mondain
De Timagète ; et là, te reprocher moi-même
Tes infidélités envers celle qui t'aime
Trop encore, perfide !... Et je vais, dès ce soir,
De mon art infernal faire agir le pouvoir.

O Lune ! prête-moi ta lumière propice
Pour l'exécution de mon noir sacrifice ;
Bel astre de la nuit, entends mes vœux jaloux,
Au milieu du silence ou des cris des hiboux !
Et toi, des sombres bords divinité terrible,
Toi, dont les chiens hurlants craignent l'aspect horrible,
Quand tu leur apparais au milieu des tombeaux,
Et des morts que tu fais couverte des lambeaux,
Je te salue, Hécate ! Ah ! sois-moi secourable,
Donne à mon action la puissance indomptable
Des charmes de Circé, de Médée en courroux... (2)
Philtres, ramenez-moi mon infidèle époux.

Que dans un gros brasier d'abord l'orge sacrée
Se consume au plus vite, et sitôt dévorée,

Hâte-toi, Thestilis, d'en répandre à l'instant,
Dans un plus vif brasier encor plus largement...
Mais... que fais-tu donc là ? que fais-tu, malheureuse ?
Où ton esprit s'égare ? Esclave audacieuse,
Serais-je donc aussi l'objet de ton courroux !
> Philtres, ramenez-moi mon infidèle époux.

L'insensible Delphis me brûle ; et sous l'emblème
De ce laurier aussi je le brûle lui-même. (3)
Et comme ce brasier, qui pétille au moment,
Absorbe ce laurier en le tout consumant,
Et que la vive ardeur de la flamme vorace
N'en laisse même pas apercevoir la trace,
Que les os de Delphis de même soient dissous !
> Philtres, ramenez-moi mon infidèle époux.

La cire sur l'autel, pendant mon sacrifice, (4)
S'amollit et se fond : qué l'Amour amollisse
Et fonde aussi Delphis ; et comme dans ma main
Tourne rapidement le grand globe d'airain, (5)
Ainsi puisse Vénus agiter l'infidèle,
Diriger vers mon cœur sa flamme criminelle,
L'amener à ma porte et calmer mon courroux !
> Philtres, ramenez-moi mon infidèle époux.

Je répands maintenant dans cette braise ardente
Le son en invoquant l'infernal Rhadamante;
Diane, rends-le-moi propice à mes souhaits ;
Si puis quelqu'un des dieux s'oppose à ses arrêts,
Du fleuve des enfers ébranle la puissance !...
Esclave, entends les chiens !... La déesse s'avance !
Que l'airain retentisse ainsi que mon courroux !
> Philtres, ramenez-moi mon infidèle époux.

Vois donc ! la mer se tait, les vents gardent silence ;
L'amour seul dans mon cœur, ou seule la vengeance
Ne se tait point. Je brûle, et je brûle toujours
Pour ce perfide amant qui trompa mes amours
Par le saint nom d'épouse. Il m'abusa, le traitre !
Amante je régnais, époux il est son maître,
Et m'abandonne en proie à mon juste courroux !
Philtres, ramenez-moi mon infidèle époux.

Maintenant, dans le feu versons, par intervalle,
En trois libations trois fois de l'eau lustrale,
En prononçant trois fois ces mots mystérieux :
« Que Delphis, quel que soit l'objet cher à ses yeux,
« Plus cher que sa Simèthe, oui, que Delphis l'oublie,
« Comme autrefois Thésée oublia son amie
« Ariane à Naxos, embrassant ses genoux ! »
Philtres, ramenez-moi mon infidèle époux.

L'hippomane, dit-on, dans les champs d'Arcadie, (6)
Inspire aux beaux coursiers des transports de furie,
Et les pousse à travers les monts avec ardeur :
Ainsi puissé-je voir Delphis avec fureur
S'élancer du Gymnase honteux de Timagète, (7)
Et se précipiter dans les bras de Simèthe
Pour laver son opprobre et calmer son courroux !
Philtres, ramenez-moi mon infidèle époux.

Ce gage, hélas ! si cher, sa robe nuptiale,
Je la livre en lambeaux à la flamme lustrale. (8)
Hélas ! trois fois hélas ! impitoyable Amour,
Pourquoi me déchirer comme un cruel vautour ?

Pourquoi donc m'épuiser, implacable Euménide,
Ainsi que ce serpent, toujours de sang avide, (9)
Habitant des marais ? Suspends donc ton courroux.
    Philtres, ramenez-moi mon infidèle époux.

Mais demain, un terrible et fatal alliage
D'aspics et de lézards broyés dans un breuvage
Doit servir ma vengeance. Allons ! prends maintenant
Ces poisons, Thestilis ; le suc exprimez-en
Sur le seuil de sa porte, où l'Amour tient encore
Mon lâche cœur, hélas !... Mais il me déshonore,
Le traître !... il me dédaigne !... Aussi, va, Thestilis,
Et conjurant l'enfer contre l'ingrat Delphis,
Dis trois fois, en pressant ces plantes vénéneuses,
« Qu'un noir poison circule en ses veines fiévreuses, »
Et qu'ainsi soit éteint mon trop juste courroux !
    Philtres, ramenez-moi mon infidèle époux.


## SECONDE PARTIE.

*(Simèthe seule se rappelle l'origine de son funeste amour.)*


Me voilà seule ! Hélas ! je puis à ma mémoire
Rappeler de mes maux la déplorable histoire
En toute liberté... Mais par où commencer ?
Comment à mes esprits pourrai-je retracer
Le récit douloureux d'un amour légitime,
Devenu mon tourment par un infâme crime ?
    Astre brillant des nuits, rappelle-moi le jour
    Et l'origine, hélas! de mon funeste amour !

La Fille d'Eubulus, près d'être mariée,
Portant selon les us la corbeille sacrée,
Vers le bois de Diane en pompe se rendait.
Parmi les animaux dont l'image entourait (10)
La jeune et belle vierge, une lionne horrible
Attirait les regards de la foule paisible.
> Astre brillant des nuits, rappelle-moi le jour
> Et l'origine, hélas ! de mon funeste amour !

Ma nourrice, la bonne et chère Theucarile
Voulant fêter aussi la charmante nubile,
Me conjure à tel point qu'il me faut consentir,
D'aller voir cette fête... ô cruel repentir !
Je m'attache aussitôt le voile de Clariste,
Je prends une autre robe et pars à l'improviste. (11)
> Astre brillant des nuits, rappelle-moi le jour
> Et l'origine, hélas! de mon funeste amour !

Nous marchons ; nous étions devant la maison même
De Lycon... C'est ici qu'est le moment suprême !
Delphis sort du Gymnase et s'offre à mes regards...
C'est plutôt Cupidon qui lance un de ses dards,
Et me perce le cœur. Un blond duvet à peine
Couvrait son teint vermeil... O souveraine Reine
Des astres de la nuit ! Lune, au disque argenté,
Tout éclatante aux cieux de grâce et de beauté,
Devant le beau Delphis s'efface ta lumière !
Delphis est le plus beau des enfants de la terre.
> Astre brillant des nuits, rappelle-moi le jour
> Et l'origine, hélas! de mon funeste amour !

Je le vis, et soudain tous mes sens se troublèrent ;
Ma raison s'égara, mes forces me quittèrent ;

Je perdis à la fois la mémoire et l'esprit ;
Mes yeux ne voyaient plus, mon beau teint se flétrit,
Et dix jours et dix nuits une fièvre brûlante
Me retint sur ma couche étendue et mourante !

    Astre brillant des nuits, rappelle-moi le jour
    Et l'origine, hélas! de mon funeste amour!

La pâleur de la mort siégeait sur mon visage ;
Et mes cheveux, blanchis à la fleur de mon âge,
Sur mon cou languissant en désordre tombaient,
Et sous ma blême peau mes os se desséchaient... !
A quels enchantements, dans cette circonstance,
N'eus-je alors pas recours ? J'épuisai la science
Et les secrets de l'art.... Remèdes impuissants
Contre la vive ardeur de mes maux incessants,
Et le temps s'enfuyait dans sa course rapide,
Et mes maux s'augmentaient sur ma tête livide.

    Astre brillant des nuits, rappelle-moi le jour
    Et l'origine, hélas! de mon funeste amour!

Enfin, dans un état qui chaque instant s'aggrave,
J'ouvre en entier mon cœur à ma fidèle esclave :
« Ma vie est dans tes mains, lui dis-je, Thestilis ;
« D'un amour dévorant je brûle pour Delphis.
« Va, dirige tes pas vers le Gymnase antique
« De Timagète. Là, cherche du grand Portique,
« Parmi tous les nombreux et jeunes assistants,
« Le plus frais, le plus beau d'entre les combattants,
« C'est Delphis... Puis, saisis l'unique instant propice
« Où tu le verras seul... Par un adroit indice
« Fais l'approcher de toi..., ne lui dis que ce mot :
« *Simèthe vous appelle...* et l'amène au plus tôt. »

Thestilis est partie ; un vent léger l'emporte,
Et bientôt tous les deux ils frappaient à ma porte. (13)
Astre brillant des nuits rappelle-moi le jour
Et l'origine, hélas! de mon funeste amour!

Dès que je vois Delphis franchissant le passage,
Une froide sueur coule de mon visage
Sur mon sein bondissant de mon émotion ;
Mes nerfs sont agités avec contraction ;
Mon corps transi frissonne, et ma langue glacée
Demeure à mon palais fortement attachée; (14)
Je perds au même instant l'usage de la voix,
Et ne puis même, hélas! faire entendre une fois
Un mot articulé dans mon accès fébrile...
Comme le marbre froid je demeure immobile.
Astre brillant des nuits, rappelle-moi le jour
Et l'origine, hélas! de mon funeste amour!

Dès qu'il m'eut aperçue..., ah ! l'ingrat! le perfide !
Il baisse ses regards de l'air le plus candide ;
« Simèthe, me dit-il, en m'appelant à vous,
« Vous alliez au-devant de mes vœux les plus doux ;
« J'en jure par l'Amour : oui, vers la nuit prochaine,
« Avec quelques amis portant la poche pleine
« Des pommes de Bacchus (1), je devais, le front ceint
« De rameaux de peuplier, feuillage herculéen,
« Entrelacés de lierre et de bandes pourprées,
« Venir vous adresser mes vœux et mes pensées.
Astre brillant des nuits, rappelle-moi le jour
Et l'origine, hélas! de mon funeste amour!

« Alors, si votre accueil m'eût été favorable,
« Vous eussiez vu dans moi l'époux le plus aimable ;

« Entre ceux de mon âge on vante ma douceur,

« Mon affabilité, la bonté de mon cœur.

« Un innocent baiser d'amour et de promesse

« Eût satisfait mon cœur, dans toute son ivresse...

« Mais si mon pur hommage eût été rejeté,

« Et par un fier dédain mon amour rebuté...

« Vous eussiez vu voler contre votre barrière

« La hache à deux tranchants, la torche incendiaire. »

Astre brillant des nuits, rappelle-moi le jour
Et l'origine, hélas! de mon funeste amour!

Amour, tu perdis Troie ! Au nom de Cythérée,
Nous nous donnons le gage et la preuve sacrée
De notre saint hymen qui bientôt s'accomplit. (15)
Et depuis, notre amour jamais ne s'affaiblit.
Mais ce matin, voici qu'une affreuse nouvelle
A jeté dans mon âme une crainte mortelle :
La mère de Philiste affirme par les cieux (16)
Que Delphis m'est parjure et porte ailleurs ses vœux.
Elle ne peut nommer l'être qu'il me préfère,
Mais ce qu'elle m'en dit m'éclaircit un mystère ;
Les guirlandes de fleurs et les riches festons
Dont sa chambre est ornée, ah ! de ses trahisons
Sont pour moi la cruelle et trop certaine preuve!...
Delphis ! méchant Delphis ! à quelle horrible épreuve
Veux-tu donc me soumettre ? Ah ! tremble, indigne époux !
D'une femme en fureur crains le juste courroux...
Assez de perfidie et de honte et d'outrage !
Je triomphe ce soir de mon vil esclavage ;
Par mon enchantement, avant le point du jour,
Demain j'aurai vaincu ton inconstant amour,

Ou bien, ce vif poison, produit de l'Assyrie,
Me vengera soudain de ta noire infamie !!!.

 Bel astre de la nuit, dirige maintenant
Tes coursiers fatigués vers le vaste Océan,
Et laisse-moi le soin d'achever, sans remise,
Contre un parjure époux ma funeste entreprise.
Adieu, sœur de Phébus! Vous aussi mille adieux,
Satellites brillants de son char radieux!!

## NOTES

(1) Philtre. Breuvage qui, dans la Magie, science imaginaire et pratiquée chez les Grecs et chez les Romains, avait la vertu d'éteindre ou d'allumer les passions violentes.

(2) Circé et Médée, magiciennes fameuses, dont la première changea en bêtes les compagnons d'Ulysse, et la seconde fit Jason possesseur de la Toison d'or. (Euripide.)

(3) *Daphnis me malus urit: ego hanc in Daphnide laurum.* (Virg.)

(4) La cire, dont se servaient les magiciennes pour représenter celui contre lequel elles employaient leurs sortiléges. — *Et hœc ut cera liquescit.* (Id.)

(5) On sait que les Anciens se servaient de vases d'airain dans leurs sacrifices.

(6) L'hippomanes est une excroissance de chair noirâtre que les poulains apportent en naissant, et que leurs mères dévorent à l'instant même, ce qui leur inspire un amour violent pour eux; c'est pour cela qu'on le regardait comme un excellent philtre, que l'on employait pour les enchantements.

(7) Le Gymnase ou la palestre était le lieu où s'exerçaient à la lutte les jeunes gens, qui s'y montraient le plus souvent dans un état très-indécent et dangereux pour les mœurs; d'où l'expression honteuse Gymnase.

(8) *Lustrale* ne s'emploie qu'avec le mot *eau*. Ici, il est joint au mot *flamme*, pour la *vapeur* humide qui s'exhale d'un corps ardent·

(9) La sangsue.

(10) Usage des anciens dans les cérémonies nuptiales.

(11) Charmants petits détails bien naturels.

(12) Virgile : *Ut vidi, ut perii, etc.*; et Racine : Je le vis, je rougis, je pâlis à sa vue; un trouble s'éleva dans mon âme éperdue. (Phèdre.)

(13) Remarquez avec quelle rapidité l'esclave exécute l'ordre de sa maîtresse.

(14) Racine dit dans Phèdre :.... Je ne pouvais parler,
Je sentis tout mon corps et transir et brûler.

(15) Les pommes n'étaient pas moins consacrées à Bacchus que les raisins, et en effet, ne fait-on pas du vin (le cidre) avec des pommes? Les amours des jeunes gens se manifestaient, de la manière qu'on voit, dans les paroles de Delphis.

(16) J'ai rendu laconiquement par ces deux vers le récit trop licencieux de ce passage du texte, du reste magnifique de poésie, mais qu'une chaste plume française ne pouvait pas rendre exactement.

(17) Comme tout est admirable de naturel jusqu'à la fin! Voici venir maintenant une méchante voisine, une de ces femmes qui se plaisent à semer la discorde dans les ménages souvent même les plus unis.

# VII

A mon cher filleul, J. BARRÊME,

**Avocat à la Cour impériale de Paris.**

---

# LA BATRACHOMYOMACHIE [1]

## D'HOMÈRE

*Res gestæ Regumque Ducumque, et tristia bella,*
*Quo scribi possent numero monstravit Homerus.*

(HORACE, Art Poët.)

---

## INVOCATION.

Muses, de l'Hélicon descendez dans mon cœur;
Animez mon esprit d'une divine ardeur
Pour me faire chanter d'une manière digne,
A l'univers entier, cette bataille insigne
Qu'aux Grenouilles les Rats, en corps de nation,
Firent, comme jadis les Grecs sous Ilion,
Imitant des héros et des rois magnanimes
Tous les faits éclatants et les discours sublimes.

(1) Mot formé de BATRACHOS (grenouille), MUS (rat), et
MACHÈ (combat).

Dans un marais voisin de sa retraite, un rat,
Echappé par miracle aux poursuites d'un chat,                10
Plongeait son fin museau pour un peu se refaire
De sa frayeur. Déjà, de l'eau plus ou moins claire
Le rat se délectait, quand Lymnocharis-Roi (1)
Qui, par droit de naissance, ou par tout autre loi,
Sur ce vaste marais étendait sa puissance :
« Qui donc es-tu, dit-il ? Ton nom et ta naissance ?
« De quel pays viens-tu ? Dis-moi la vérité,
« Ne mets dans ta réponse aucune obscurité,
« Car, si dans toi je trouve un ami vrai, sincère,
« Digne de mes bontés ; de mon pouvoir espère                20
« Les plus grandes faveurs, car sache que je suis
« Physignathe-le-Grand (2), et qu'ici je jouis
« D'un pouvoir absolu sur la Gent-Grenouillère,
« Et non moins absolu sur la Gent-Crapaudière.
« Issu d'Hydroméduse (3) aux bords de l'Éridan,
« Je suis du grand Pélée illustre descendant ; (4)
« Parle ; à ton front royal, à ta forte poitrine,
« Tu m'as l'air d'un guerrier ; vite, ton origine. »

    « Quoi ! Psicharpax répond ; mon nom est Psicharpax, (5)
« Le fils du magnanime et vaillant Troxartas. (6)          30
« Léchomyle (7) est ma mère, elle-même la fille
« Du grand roi Pternotrocte (8), et tous d'une famille
« Dont les noms sont connus des hommes et des dieux,
« Et même des oiseaux qui les chantent aux cieux.
« Ma mère m'enfanta dans une cave immense,
« Et me nourrit d'abord, dans son état d'aisance,
« De figues et de noix, d'un mets primordial
« Qui m'a fait délicat sur ce point capital.

« L'amitié qu'entre nous tu voudrais faire naître

« Ne peut donc être, ami ; car tu dois reconnaître    40

« Que moi vivant sur terre, et toi souvent dans l'eau,

« Nous ne pouvons vraiment en cimenter le sceau.

« Des meilleurs aliments et des viandes exquises,

« De tous les bons morceaux, des mille friandises

« Dont l'homme se gaudit, moi, j'ai toujours ma part :

« Pains-biscuits réservés, fruits confits, noix et lard,

« Tourtes faites de miel, objet de l'appétence

« Des plus heureux mortels qui sont dans l'opulence,

« Et gâteaux de sésame, et tranches de jambon,

« Et bon fromage blanc, excellent saucisson.    50

« Je sors de tout combat, remportant la victoire,

« Des premiers combattants ayant même la gloire,

« Et malgré son esprit, sa force et sa grandeur ,

« L'homme ne m'a jamais inspiré de frayeur.

« Au contraire, la nuit, au milieu du silence,

« Je cours sur son lit même, et dans mon arrogance,

« Je mords jusqu'à son nez, son talon ou sa main,

« Et lui, sans le sentir, dort jusqu'au lendemain.

« De deux êtres pourtant, seuls de toute la terre,

« Je redoute l'assaut dans la terrible guerre    60

« Qu'ils nous font : la Belette et le cruel Faucon;

« La Belette surtout, au corps fluet et long,

« Qui vient nous dénicher, dans le profond dédale

« De nos trous. Puis encor la ratière infernale

« Où nous trouvons la mort... D'ailleurs, roi des marais,

« Vos plats délicieux, pour nous horribles mets,

« De courges et de choux, de poireaux et de raves,

« Nous les foulons aux pieds, s'il en est dans nos caves. »

A ces mots, souriant, Physignathe répond :

« Tu sembles professer un amour bien profond     70

« Pour Messire Gaster, cher hôte, mais je pense

« Que le Grand Jupiter, dans sa munificence,

« Nous a gratifiés d'aussi nombreux bienfaits,

« Admirables sur terre ainsi qu'en nos marais :

« Et d'abord, nous passons la plus heureuse vie,

« Sur la terre et dans l'eau, selon qu'est notre envie,

« Vivant de leurs produits, nous cachant dans les eaux,

« Ou bien trottant sur terre en faisant mille sauts.

« Ces deux grands éléments sont de notre domaine.

« Veux-tu voir tout cela ? Viens, tu le peux sans peine : 80

« Tiens, monte sur mon dos, serre-moi fortement,

« Afin qu'à mon palais tu parviennes gaiment. »

*Psicharpax est victime de sa crédulité et de son imprudence.*

Cela dit, Psicharpax, de l'une et l'autre patte,

Serre le tendre cou du vaillant Physignathe.

D'abord, il est tout joie en royal cavalier,

Monté superbement sur son noble coursier,

De voir des ports voisins les rives radieuses.

Mais un moment après, les eaux toutes boueuses

Venant à l'immerger de la queue au museau,

Il pousse un long soupir qui fait retentir l'eau.     90

Inutiles regrets ; dans sa douleur amère,

Il s'arrache les poils ; des deux pieds de derrière,

Il étreint la Grenouille, et des pieds de devant

Il l'étrangle ; sur elle, en arrière, en avant,

Il fait cent mille bonds. En dehors de sa sphère

Il maudit l'élément, il regrette la terre ;

Sortant des eaux la queue, il rame avec effort,
Et conjure les Dieux de le conduire au port.
« Hélas ! dit-il alors en secouant la tête,
« Combien différemment, autrefois, dans la Crète,      100
« Sur son dos transportait Europe à travers l'eau,
« Le Taureau glorieux de son *chéri fardeau* » (9)
C'est qu'une hydre, de loin, apparaissait sur l'onde,
Causant à tous les deux une terreur profonde.
Physignathe aussitôt plonge rapidement ;
Il lâche son cher hôte impitoyablement,
L'abandonne à son sort dans le moment suprême,
Lorsqu'au fond de l'abîme il se sauve lui-même.
Psicharpax demi-mort à peine délaissé
Flotte dans le marais, sur le dos renversé ;      110
Il trépigne des pieds, et ses plaintes aigües
Font retentir les eaux, percent l'air jusqu'aux nues ;
Ballotté dans tout sens, il monte et redescend,
Pour remonter encore au gré de l'élément.
Triste état sans espoir ! Tel un frêle navire
Qui longtemps a fait eau, sombre ; le pauvre sire
A l'onde succombant par ses poils d'eau trempés,
Tombe, et laisse échapper ces mots entrecoupés :
« Perfide Physignathe, oh ! non, ta fourberie
« Ne sera pas longtemps à rester impunie ;      120
« Ton dos, pierre pour moi, me lâche indignement ; (10)
« Mais, va, des Dieux vengeurs attends ton châtiment.
« C'est que tu savais bien, quand nous étions sur terre,
« Qu'au pancrace, à la lutte, à la course légère,
« Sur toi je l'emportais ; alors tu me flattais ;
« Puis, tu me fais périr au milieu du marais !
« Mais va, lâche ! de rats une armée innombrable
« Bientôt aura détruit ta race abominable. »

*Lichopinax va annoncer la mort de Psicharpax, à Troxartés,*
*roi des Rats.*

Cela dit, il expire. Or, là Lichopinax (11)
Oculaire témoin du sort de Psicharpax,　　　　　　130
Le pleure amèrement et court à toute hâte
Annoncer l'attentat du cruel Physignathe.
Au bruit de cette mort, toute la nation
Des rats et des souris, dans l'indignation,
Se soulève d'horreur et demande vengeance.
Le peuple, par édit, est convoqué d'urgence
Dans le Palais du Roi, père du malheureux,
Dont les restes, jouet de l'élément affreux
Sur les bords du marais ne sont pas même encore.

Or, tous s'étant rendus en hâte avec l'aurore,　　　140
Troxartés, le premier, tout brisé de douleur,
La vengeance à la main et le fiel dans le cœur :
« Cher peuple, leur dit-il, je suis seul la victime
« Du plus noir attentat ; mais l'union intime
« Et l'entente parfaite existant parmi nous
« Vous en feront sentir les rudes contre-coups.
« Voyez donc mes malheurs : la Reine Léchomyle (12)
« M'avait donné trois fils. L'un, sous la dent hostile
« D'une infâme Belette est tombé le premier ;
« Pour vouloir un peu trop s'éloigner du Grenier (13); 150
« L'autre, dans un engin qu'on nomme souricière,
« Instrument destructeur de notre Gent-ratière,
« Pris malheureusement par les cruels humains,
« Subit un vil trépas de ces vils assassins ;
« Et voilà qu'aujourd'hui l'infâme Physignathe
« De la Gent-Grenouillère insolent autocrate,

« Assassine mon fils et me brise le cœur,

« Brisant mon trône aussi dans mon seul successeur.

« Aux armes, braves Rats! courons donc tous en masse,

« Et de ce lâche peuple exterminons la race ! »     160

*Equipement des Rats.*

Il dit, et sur-le-champ les magnanimes rats
Veulent venger leur Prince et voler aux combats.
Pour leur équipement Mars, le Dieu de la guerre,
Leur donne le génie et l'art de le parfaire :
Leurs bottes sont d'abord des cosses de lupins (14)
Qu'ils ont pris verts, la nuit, dans tous les champs voisins;
Leur cuirasse est la peau d'une vieille belette
Recouverte de joncs, qu'avec soin on apprête;
Ils ont pour bouclier de la lampe un fer rond,
D'où part le bec à mèche, appelé lamperon;     170
L'épée est une aiguille en airain, acérée,
Et par les soins de Mars proprement allongée;
Ils ont enfin pour casque, au-dessus du museau,
Une coque de noix, ou tout autre noyau.

Telles étaient des rats les armes flamboyantes.
Bientôt la Renommée, aux cent bouches béantes,
Répand un bruit de guerre au fond de ce marais.
Grenouilles aussitôt se forment en congrès,
Pour prendre leur parti sur la guerre étrangère.
Déjà le plus grand nombre opinait pour la faire,     180
Quand un Ambassadeur vient, un sceptre à la main :
(C'était Embasichytre (15), ou ronge-pots d'airain,
Le fils de Tyrogliphe (16), ou mangeur de fromage,
Et qui dans maints combats signala son courage.)
Embasichytre donc est introduit et dit :

### Déclaration de guerre.

« Au nom du Peuple-rat, par un royal édit,
» Grenouilles, Troxartès vous déclare la guerre,
» Parce que votre roi, de sa main sanguinaire,
» A tué Psicharpax, tout près de son palais ;
» Car on a vu son corps flotter sur le marais.        190
» Aussi mettez sur pied, pour une guerre affreuse,
» Grenouilles et crapauds, votre gent belliqueuse. »

Cela dit, le héraut leur expose le fait.
Or, chacun de ses mots démontrant le forfait,
Le trouble pénétra l'âme des Honorables.
Comme elles font alors des plaintes regrettables,
Physignathe, employant d'insidieux détours,
Tout aussitôt se lève et leur tient ce discours :
« Vous avez entendu cette voix mensongère
» Qui me fait, sans merci, la cause volontaire        200
» De la mort du rat-Roi, que je n'ai point occis
» Ni même vu mourir. J'ai seulement appris
» Que voulant se donner les airs d'une grenouille,
» En se moquant de nous se jette à l'eau, gargouille,
» Pousse l'eau par derrière, et l'écarte devant,
» Jusqu'à ce qu'à la fin les ondes l'énervant,
» De sa railleuse envie il devient la victime.
» Et voilà maintenant que l'on m'impute à crime
» La mort de Psicharpax ! Mais allons donc ! voyons,
» Jusques au souriceau, tuons, exterminons        210
» La nation des rats ! Dans ce péril extrême,
» Equipons sur-le-champ des troupes que moi-même

» Je conduirai. Montons tous autour du Rocher,
» Près des côtes ; et là, quand nous verrons hisser
» L'étendard du combat, fondons, tête baissée,
» Sur les rats agresseurs ; et puis, dans la mêlée,
» Saisissant et soldat et casque en même temps,
» Jetons casque et soldat dans le fond des étangs ;
» Triomphons de ce peuple, inhabile à la nage (17),
» Et qu'un trophée ici le dise d'âge en âge ! »　　　220

*Equipement des Grenouilles.*

Ayant ainsi parlé, Physignathe-le-Grand
S'occupe sans retard de leur équipement :
Or, des feuilles de mauve, en guise de bottines,
Entourent leurs mollets ; de larges herbes-fines (18)
Leur cuirassent le corps, et des feuilles de choux
Sont les durs boucliers qui pareront les coups ;
Une aiguille allongée, adaptée à la taille,
Frappera l'adversaire et d'estoc et de taille,
Et la corne-coquille est le casque guerrier
Qui complète l'ensemble apte à tout foudroyer.　　　230

Dans cet équipement, sous leur roi Physignathe,
Grenouilles aussitôt d'accourir à la hâte
Sur les lieux désignés. Là, pleines de fureur,
C'est à qui, l'arme en main, montre le plus d'ardeur.
L'Olympe s'en émeut. Dans son amour de père,
Le Maître souverain des cieux et de la terre
S'intéresse à son peuple ; il convoque les Dieux :
« Voyez donc, leur dit-il, le combat sérieux
» Qu'entre elles vont livrer deux nations hostiles !
» Quelles forces de guerre (19) ! Et que de grands Achilles ! 240

» Voyez donc cette armée aux fers étincelants,

» Des Centaures marchant contre les fiers Géants !

» Allons, ajoute-t-il avec un doux sourire,

» Qui donc des Immortels en ce moment désire

» Aller aux combattants porter un prompt secours ?

» Toi, ma fille Minerve, allons, toi, mes amours,

» Voudrais-tu voir des rats exterminer la race,

» Quand tu les vois toujours, et de si bonne grâce,

» Dans ton temple danser, et tant s'y réjouir

» Des restes des agneaux que l'homme y vient t'offrir? » 250

Ainsi dit Jupiter. « Père, répond Minerve,

» Déjà depuis longtemps, pour les rats je conserve

» Une haine implacable; et si, pour leur malheur,

» Ils tombent sous les coups d'un ennemi vainqueur,

» Qu'ils n'attendent de moi nul secours favorable,

» Car ils m'ont fait un mal, un mal épouvantable :

» Pour l'huile, leur nectar, ils m'ont indignement

» Profané bandelette et lampe également.

» De plus, ils ont troué mon beau péplum de fête,

» Ce voile magnifique, ornement de ma tête,            260

» Que j'avais de mes mains ourdi d'un fil très-fin ;

» L'ouvrier raccordeur me réclame son gain

» En me persécutant, car la somme en est telle

» Que je ne puis payer ; ma honte en est cruelle,

». Et de là mon aigreur. Les grenouilles non plus

» (Leurs vœux les plus pressants deviendraient superflus)

» N'obtiendraient rien de moi, car elles n'ont point d'âme.

» Oyez à mon égard leur inconduite infâme :

» Récemment, de retour d'un combat périlleux,

» Je ne pus un instant, la nuit, fermer les yeux ;     270

4

» Dans un étang voisin, en nombre épouvantable,
» Elles firent un bruit, un vacarme effroyable,
» Tant que j'en eus la tête et le cerveau brisés
» Jusques au chant du coq. Maintenant, avisez :
» Pour moi, je suis d'avis que nous les laissions faire,
» De crainte qu'un de vous, un peu trop téméraire,
» Ne tombe sous les coups de nos belligérants ;
» Egayons-nous plutôt à voir les combattants. »

Elle dit, et des Dieux tout le conseil ensemble,
Approuvant son avis, en un seul lieu s'assemble.            280

*Les Dieux demeurent spectateurs du combat.*

Déjà, portant en main le sinistre étendard,
S'avancent deux hérauts, au visage hagard.
De nombreux moucherons, précédant les cornettes,
Sonnent le cri de guerre au bruit de leurs trompettes,
Et la foudre gronda, dit-on, en même temps,
Signe de longue guerre et de combats sanglants.

D'abord, Hypsiboas (20), de sa lance terrible,
Menace insolemment Lichénor (21) l'inflexible,
Qui, voulant être dit le premier agresseur,
Fond, mais reçoit le fer par le milieu du cœur.            290
Il tombe ! sous son poids retentit son armure,
Et des flots de sang noir souillent sa chevelure.
Troglodyte (22) après lui sort aussi de son rang,
Frappe à mort Pélion (23), qui nage dans son sang ;
Seutlaios (24) tombe après, sous les coups effroyables
Du fier Embasichytre (25), aux armes redoutables ;

Océèdes (26) frémit ; Artophage (27) soudain,
Connu sous son renom de grand-mangeur-de-pain ,
Atteint d'un coup mortel l'illustre Polyphone (28)
Grenouille aux mille voix ; le champ d'honneur résonne   300
Du cri qu'en expirant il fait entendre encor ,
Et vers le noir séjour son âme prend l'essor.

Limnocharis (29), voyant périr son camarade,
Saisit un gros caillou , qu'il trouve sur la rade ,
Le lance à Troglodyte , et l'atteignant au front,
Le héros n'y voit plus et tombe moribond ;
Aussitôt Lichénor, volant à sa vengeance,
Perce son ennemi de sa terrible lance ,
Qui lui va droit au cœur ; Crambophage à l'instant (30)
Feint la peur en fuyant sur les bords de l'étang ;   310
Mais s'opposant soudain à la vive poursuite
Du bouillant Lichénor, qui l'atteint dans sa fuite ,
Il le frappe lui-même, et de son sang épais ,
Le fier héros rougit les ondes du marais.
Pour lui, les intestins tout gonflés par la rage ,
Il attend ; Tyroglyphe (31) accourt vers le rivage ,
Mais il reçoit la mort. Calaminthe (32), à ce fait,
Voyant que Pternoglyphe (34) à grands pas arrivait,
Jette son bouclier, et se sauve dans l'onde.

Là, le grand Pternophage animait tout son monde   320
Quand d'une grosse pierre Hydrocharis (34) lui fend
Le cerveau, qui, broyé, des narines descend ;
Le sang coule à bouillons de la royale tête.
Ici, Lichopinax (35) frappe Borborocète (36),

Dont les yeux sont couverts d'un voile ténébreux ;
Prassophage (36), témoin de son sort malheureux,
Saisit Cnissodiocte (37) aux pieds avec adresse,
Et dans les eaux du lac le jette avec rudesse.
Psicharpax (38) veut venger ses camarades morts ;
Il frappe Prassophage au travers de son corps,　　　　330
Et son âme descend à la sombre demeure.
Pélobate le voit; il s'empare sur l'heure (39)
. D'un pâté limoneux qu'il lance sur le rat,
L'aveugle, et triomphant le met hors de combat.
Cependant Psicharpax; tout frémissant de rage,
Par un suprême effort ramassant son courage,
Lance sur Pélobate un énorme rocher
Qui lui brise une jambe et le fait trébucher.
Craugaside (40) le venge, et d'un coup de sa lance,
Il frappe Psicharpax déjà sans connaissance,　　　　340
Et le fer meurtrier, arraché de ses flancs,
Entraîne sur le sol ses boyaux tout fumants.
Sitophage (41) blessé, ce voyant, perd courage,
Et se cache, en boitant, dans un trou du rivage.

　　Or, le roi Troxartès, son épée à la main (42),
Voulant venger son fils, fond sur son assassin :
Physignathe (43) blessé se sauve au fond de l'onde.
Prassée, alors percé d'une douleur profonde,
De voir son Souverain en fuyant chanceler,
Frappe au cœur Troxartès, qu'il lui veut immoler;　　350
Mais à son bouclier vient se briser la lance.
Alors Origanon (44), le chef des chefs, s'élance,
Lui frappe un rude coup sur son casque d'airain
Surmonté de plumets. Aussitôt un essaim

De l'élite des rats allait le mettre en poudre,
Quand devant les héros, aussi prompt que la foudre,
Origanon s'élance au milieu du marais,
Et dans ses profondeurs disparaît à jamais.

Pendant ce temps, des rats le généralissime,
Le fils d'Artépibule (45), à l'âme magnanime,      360
Le grand Méridarpax (46), ce Mars, Dieu des combats,
Sur les bords de l'étang, exhortant ses soldats
Au trépas glorieux, jure sur son armure
Qu'il veut anéantir la nation impure
Des lacs et des marais; et certes, il pouvait,
Car à sa noble ardeur son bras il mesurait.....

*Jupiter s'intéresse au malheureux sort des Grenouilles.*

Mais alors Jupiter, dans sa bonté de père,
Prenant pitié du faible, et voulant de la guerre
Prévenir les malheurs au moment du péril :
« Que de maux imminents! O Dieux! voyez, dit-il!    370
» Le fier Méridarpax, qui, près du lac, menace,
» Par son fer qu'il brandit, d'exterminer la race
» Des grenouilles du lac et de tous les marais,
» Me fait vraiment frémir. Allons, et sans délais,
» Que Minerve et que Mars, unissant leur courage,
» L'arrachent du combat, quelle que soit sa rage (47). »

Il dit, et Mars répond : « Nos efforts à nous deux
» Ne sauraient arrêter ce guerrier furieux ;
» Il faut de tous les Dieux la suprême assistance,
» Ou bien, grand Jupiter! dans ton omnipotence,    380
» Si tu veux dans les camps répandre la terreur
» Et des belligérants arrêter la fureur,

» Fais gronder ton tonnerre, arme-toi de la foudre
» Dont jadis tu frappas, les réduisant en poudre,
» Titan, père orgueilleux des orgueilleux Titans (48),
» Foudroyés comme aussi les terribles Géants (49),
» Que tu précipitas dans le profond Erèbe,
» Ainsi que ce guerrier qui, sous les murs de Thèbe,
» Insultait même aux Dieux (50), et celui que l'Etna
» De tout son poids écrase (51)....» Et Jupiter tonna.  390

L'Olympe est ébranlé, comme l'onde et la terre.
Le Souverain des cieux s'arme de son tonnerre,
Le lance avec fracas au milieu des deux camps,
Et jette la terreur parmi les combattants.
Et des rats cependant l'impitoyable engeance
Veut toujours jusqu'au bout poursuivre sa vengeance.
Mais alors Jupiter, favorable aux vaincus,
Envoie à leur secours des animaux tortus,
Au dos portant enclume, aux serres recourbées;      400
Huit pattes en dehors, longues et retournées;
Large épaule brillant d'une espèce d'émail;
Deux têtes sans les yeux, mais des yeux au poitrail;
Dans la gueule, des crocs; osseux, en forme d'ancres;
Terribles animaux enfin, qu'on nomme *Cancres.*
Les cancres dans leurs crocs étreignent tous les rats :
Ils coupent de leurs dards queue et jambes et bras;
Contre leur dos de fer vient se briser la lance;
Les rats désespérés ne font plus résistance,
Ils prennent tous la fuite, et le soleil couchant
Mit fin à ce combat livré dès son levant.          410

# NOTES

(1) Lymnocharis, qui se plaît dans les étangs ; nom d'une grenouille.

(2) Physignathe, qui gonfle ses joues; nom d'une grenouille.

(3) Hydroméduse, qui commande aux eaux; nom d'une grenouille.

(4) Pélée, de boue; allusion à Pélée, père d'Achille.

(5) Psicharpax, qui enlève les miettes; nom d'un rat.

(6) Troxartas, ou Troxartès, qui ronge le pain; nom d'un rat.

(7) Léchomyle, qui lèche les meules; nom d'un rat.

(8) Pternotrocte, croque-jambon; nom d'un rat.

(9) Virgile a dit : *Charoque oneri timet.* Énéide, livre XI, vers 550.

(10) RIPSAS APO SOMATOS, OS APO PÉTRES. — *Dejecisti de corpore, tanquam de petra.*

(11) Lichopinax, qui lèche les tables; nom d'un rat.

(12) Léchomyle (vers 31).

(13) TROGLÈS EKTOSTHEN ELOUSA : *Foramen extra deprehensum* (Murem.)

(14) Lupins ou fèves.

(15) Embasichytre, qui entre dans les pots d'airain; nom d'un rat.

(16) Tyroglyphe, rongeur, voleur de fromage; nom d'un rat.

(17) TOUS AKOLUMBOUS : *Natandi imperitos.*

(18) PLATÉON APO TEUTLON : *Latis betis*, feuilles de bettes-raves, autrement dites poirées ou herbes fines.

(19) KAI POLEMON PLETHON DEIXAS TE MACHETAS, POLLOUS KAI MEGALOUS : *Et belli copias..... et bellatores, multos et magnos.*

(20) Hypsiboas, qui crie très-haut; nom d'une grenouille.

(21) Lichénor, qui lèche les hommes; nom d'un rat.

(22) Troglodyte, qui entre dans les trous; nom d'un rat.

(23) Pélion, fils de Pélée, allusion à Achille; nom d'un rat.

(24) Seutlaïos, qui aime la bette ou poirée; nom d'une grenouille;

(25) Embasichytre (vers 182).

(26) Océèdes, qui est agile; nom d'un rat.

(27) Artophage, mangeur de pain; nom d'un rat.

(28) Polyphone; qui parle beaucoup, qui a plusieurs voix·

(29) Lymnocharis, qui se plaît dans les marais; nom d'une grenouille; vers 13.

(30) Crambophage, qui se nourrit de choux; grenouille.

(31) Tyroglyphe, rongeur de fromage; nom d'un rat.

(32) Calamynthe, qui se plait dans les roseaux; nom d'une grenouille.

(33) Pternoglyphe, rongeur de talons; nom d'un rat.

(34) Hydrocharis, qui se plait dans l'eau; nom d'une grenouille.

(34 *bis*) Pternophage, prince royal des rats, — qui ronge les pieds ou les jambons.

(35) Lichopinax; voir vers 129.

(36) Prassophage, mangeur de poireaux; nom d'une grenouille.

(37) Cnissodiocte, qui court après la fumée des viandes; nom d'un rat.

(38) Psicharpax, parent de celui qui a péri dans les eaux.

(39) Pélobate, qui se vautre dans la boue; nom d'une grenouille.

(40) Craugaside, qui crie fort et beaucoup; nom d'une grenouille.

(41) Sitophage, qui mange le pain; nom d'un rat.

(42) Troxartès, grand rongeur; roi des rats.

(43) Physignathe; vers 22, le roi des grenouilles.

(44) Origanon, qui ressemble à l'origan; nom d'une grenouille.

(45) Artépibule, qui est aux aguets pour attraper du pain; rat.

(46) Méridarpax, qui pille des portions; nom d'un rat.

(47) KRATERON PER EONTA : *Robustus quamvis sit.*

(48) Les Titans ayant voulu détrôner Jupiter, furent foudroyés et précipités dans les enfers.

(49) Les Géants, leurs parents, ayant voulu les venger, furent à leur tour foudroyés.

(50) Capanée.

(51) Encelade.

————

Nota. — Ici devait paraître l'*Énigme* dont je parle dans la préface, mais j'ai pensé être plus agréable aux lecteurs-sérieux en y substituant trois autres idylles du même Théocrite, traduites littéralement du grec, avec Simèthe et la Mort de Daphnis.

A mon cher neveu, Charles DUPUY.

# LE PRIX DU CHANT

### Idylle VII de Théocrite

DAPHNIS, MÉNALQUE, UN CHEVRIER

Ménalque conduisait, dit-on, sur les collines
Son troupeau de brebis. Il voit sur son chemin
Daphnis paissant ses bœufs sur des côtes voisines.
Tous deux ont l'âge d'or, le visage serein,
Ils sont tous deux rivaux pour le chant et la flûte.
Ménalque s'adressant à Daphnis le premier :

M. — Veux-tu bien, lui dit-il, accepter une lutte
En chantant avec moi? J'ose te défier,
Et me promets encore une victoire aisée.
— Daphnis lui répondit :

          D. — Malgré ton beau talent
Sur la flûte, berger, ta gloire est exposée,
Si tu penses me vaincre au grand combat du chant.
Tes efforts seraient vains.

        M. — Eh bien! dépose un gage;
Est-ce bien là ton vœu?

        D. — Mais oui, c'est bien mon vœu,
Et je dépose un gage.

        M. — Et quel sera l'ouvrage
Digne prix du vainqueur?

        D. — Je mets, moi, pour enjeu
Un veau; mets un agneau.

        M. — Moi, je n'oserais guère
Risquer le moindre agneau de mon nombreux bétail.
Car ma mère est soigneuse, et mon vigilant père
Compte tout le troupeau chaque jour en détail.

D. — Alors, quel est l'enjeu que Ménalque désire?

M. — Une flûte superbe, et dont les neuf tuyaux
Ont été de mes mains joints avec de la cire.
C'est mon bien personnel, et non point les agneaux,

Qui sont à mes parents. Je dépose ma flûte.

D. — J'en possède une aussi, faite pareillement
Ces jours-ci de mes mains, je la mets pour la lutte.
Ce doigt en fut blessé par un petit fragment
De chaume, qui cassa ; regarde la blessure.
Mais qui nous jugera ? Qui sera de nos chants
L'arbitre souverain ?

M. — Appelons Palinure ;
Ce berger dont le chien, par ses longs aboiements,
Rassemble son troupeau. — Et tous deux l'appelèrent.
Palinure approcha, voulut les écouter,
Et nos jeunes rivaux, l'un puis l'autre, chantèrent.
Ménalque, par le sort, dut le premier chanter :

M. — O vallons ombragés, et vous, sources sacrées,
Si de ses chants mélodieux
Ménalque a su jamais, près de ces fleurs diaprées,
Charmer les nymphes de ces lieux,
Donnez à ses agneaux le meilleur pâturage,
Et si Daphnis y vient abreuver ses taureaux,
Donnez à ses taureaux un bienfaisant breuvage
Dans la pureté de vos eaux.

D. — Fontaines du vallon, dont les eaux argentines
Fécondent les prés d'alentour,
Et vous, prés, dont les fleurs, de ces eaux cristallines
Rehaussent l'éclat à leur tour ;
Si les chants de Daphnis au chant de Philomèle
Ne le cèdent en rien, engraissez ses taureaux ;
Et si Ménalque y vient, de ce berger fidèle
Engraissez aussi les agneaux.

M. — Là règne le printemps, s'il y vient ma bergère ;
Là sont les ris et le bonheur ;
Les prés sont abondants ; ce chêne séculaire
Y répand encor la fraîcheur ;
Les brebis, d'un bon lait remplissent leurs mamelles ;
On y voit les agneaux croître, engraisser, bondir ; .
Mais qu'elle n'y soit plus, pasteurs et pastourelles,
Arbres et fruits, de dépérir.

D. — Que Milon vienne ici, plus touffus sont les chênes,
Et plus féconds sont les troupeaux ;
Et plus ardente aussi, dans ces riantes plaines,
Est l'abeille dans ses travaux ;

Tout respire l'amour, le bonheur, l'allégresse ;
Au pasteur, au troupeau la nature sourit ;
Mais que le beau Milon de ces lieux disparaisse,
    Et pasteur, troupeau, tout périt.

M. — Jeune enfant indiscret, conducteur de nos chèvres,
    Cache-toi dans les noirs recoins
De la sombre forêt, derrière ces genièvres ;
    Et vous, objet de tous mes soins,
Chevreaux chéris, paissez près de cette eau lactée (1),
Vous y rencontrerez l'objet cher à mon cœur ;
Et toi, jeune bélier, pars, dis-lui que Protée,
    Un Dieu, comme moi fut pasteur.

D. — Du puissant roi Pélops je ne veux point du trône,
    De sa gloire ni de son or ;
Je ne veux posséder ni grandeur ni couronne :
    Je ne veux que toi pour trésor.
Eh ! que m'importerait, par une course agile,
De devancer les vents ? Plutôt, sur ces coteaux,
Ou sur les bords riants de la mer de Sicile,
    Paissons ensemble nos troupeaux.

M. — Les frimas de l'hiver dépouillent les grands chênes
    Comme les faibles arbrisseaux ;
Les chaleurs de l'été tarissent les fontaines
    Comme les plus petits ruisseaux ;
L'homme cède à l'amour. Le géant Polyphème
Exhalait sa douleur, vaincu par ses attraits.
O Jupiter ! sus-tu te soustraire toi-même
    A ses inévitables traits ?

 — Ainsi donc tour à tour nos deux rivaux chantèrent.
Alors, pour un moment, leurs chants divins cessèrent ;
L'attention redouble, et sur un nouveau ton,
Ménalque ainsi reprend sa dernière chanson :

M. — Épargne, loup cruel, épargne donc mes chèvres,
Qui deviendront bientôt mères de beaux chevreaux ;
Et puis qu'en sûreté, près de ces grands genièvres,
Bondissent leurs petits, ainsi que les agneaux !
De ce naïf berger respecte le jeune âge,
De ce faible gardien d'un troupeau si nombreux !
Et toi, Lampure, allons, mon chien, prends donc courage !
Dois-tu dormir avec un pâtre si peureux ?

_____

(1) Qui tient du lait par la douceur.

Paissez, chères brebis, de cette herbe riante;
Ne la ménagez pas, rassasiez-vous-en; '
Elle repoussera bientôt plus abondante,
Paissez donc, mes brebis, paissez abondamment.
D'un bon lait remplissez vos mamelles pendantes,
Qu'il suffise aux agneaux ainsi qu'à leur pasteur.
— Alors Daphnis reprit :

          **D.** — Hier, près de ces Acanthes,
Je vis une bergère au regard séducteur,
Qui, me voyant passer conduisant mes génisses :
Qu'il est beau! qu'il est beau! cria-t-elle deux fois.
Plus prompte que Zéphire, à travers les narcisses,
Elle avait déjà fui dans l'épaisseur du bois.
Mon cœur me répéta cette voix trop flatteuse,
Mais je baissai les yeux, poursuivant mon chemin.
— Des génisses la voix est douce, harmonieuse,
Douce aussi leur haleine. Oh! quel charme divin
D'entendre un jeune veau mugir loin de la plaine,
De s'étendre en été sur un lit de gazon,
Au bruit d'un clair ruisseau! Les glands parent le chêne;
Les pommes leur pommier, son bélier la toison;
Le veau fait de sa mère et l'honneur et la gloire,
Et le troupeau la gloire et l'honneur du pasteur.

Les chants étaient finis, mais à qui la victoire?
Le juge intègre alors s'adressant au vainqueur :

### LE CHEVRIER.

Daphnis! ô beau Daphnis! que ta voix est sonore!
Dieux! quelle mélodie en tes divins accents!
Le miel le plus exquis est bien moins doux encore
Que le bonheur d'ouïr les accords de tes chants.
Gage de ta victoire, accepte donc la flûte
Dont Ménalque lui-même a joint les neuf tuyaux
(Ce qui renchérit fort le prix de votre lutte.)
Si maintenant, Daphnis, en paissant nos troupeaux,
Tu veux de ton talent m'enseigner l'art sublime,
Je n'oublierai jamais un semblable bienfait,
Et je te livrerai, pour ton prix légitime,
Une brebis donnant un ruisseau de bon lait.

Et tel qu'un jeune faon bondit près de sa mère,
Daphnis saute soudain au cou du chevrier,
Joyeux, frappant des mains, lorsque son adversaire,
(Comme la jeune vierge avançant pour lier
Les nœuds de son hymen,) à la honte est en butte.
Daphnis fut dit, dès-lors, le souverain pasteur;
Et si sa belle voix eut pour prix une flûte,
La nymphe Naïa fut le prix de son cœur.

A ma bonne nièce et filleule, Hélène DUPUY,

# EPITHALAME D'HÉLÈNE

### Idylle XVI de Théocrite.

Quand le blond Ménélas, le jeune fils d'Atrée,
Jadis reçut les vœux, la promesse sacrée
D'Hélène sa fiancée, à Sparte dans ce jour,
Douze jeunes beautés que réunit l'Amour,
La fleur de la jeunesse, ayant la tête ceinte
De couronnes de fleurs, de lis et d'hyacinthe,
S'assemblèrent devant le splendide palais
Où les époux venaient d'être unis à jamais ;
Et là, formant un chœur, et de chants et de danse,
Elles frappent des pieds, bondissant en cadence,
La terre qui, légère, avec elles bondit,
Et de ces chants d'hymen le palais retentit :
Trop heureux Ménélas ! ce sont les Dieux eux-mêmes
Qui t'ont conduit à Sparte, où les honneurs suprêmes
D'un prix brigué par tant de généreux rivaux,
Devaient t'être accordés. Entre tous ces héros,
Seul tu peux te vanter d'être gendre du Père
De tous les Immortels, du Maître de la terre,

Dont Hélène, la fille et digne rejeton,
Ajoute, par l'hymen, à l'éclat de ton nom.
De toutes les beautés dont Sparte est glorieuse,
Nulle n'est, comme Hélène, et bonne et gracieuse.
Tel un bouquet choisi, formé de mille fleurs,
Devant le lis des champs voit pâlir ses couleurs ;
Tel aussi, le matin, quand l'aurore vermeille
Paraît sur l'horizon, l'astre qui, dès la veille,
Brillait d'un pur éclat, s'efface au firmament.
De toute l'Achaïe, Hélène est l'ornement ;
Qui donc, avec tant d'art, avec la même verve,
Sut, comme elle, exceller dans les arts de Minerve ?
Qui, du luth, pour charmer les oreilles des Dieux,
Tira des sons plus doux et plus harmonieux ?
Qui chanta les vertus avec autant de grâce ?

Pour nous donc, belle Hélène, hélas ! quelle disgrâce !
De nos bienheureux jours ce jour est le dernier
Où nous ceignons ton front de tiges de rosier !
Non, tu n'es plus à nous dès ce moment, Hélène ;
Des femmes désormais on te fera la reine.

Aussi, toutes demain, quand de l'astre du jour
L'alouette huppée annonce le retour,
Te tressant un bouquet de mille fleurs nouvelles :
Où donc est, dirons-nous, la plus belle des belles ?
Hélène, où donc es-tu ? Puis nous te chercherons
Comme un agneau sa mère ; et puis nous suspendrons,
Sous l'ombrage enchanteur d'un frêne séculaire,
Une couronne en fleurs de lotus et de lierre ;
Puis une urne d'argent, d'une branche pendra,
Pleine d'un doux parfum ; là tout passant lira,
Gravé par l'amitié sur l'écorce du frêne :
« *Passant, honore-moi : je suis l'arbre d'Hélène.* »
Heureux époux ! coulez, coulez donc d'heureux jours ;
Ah ! puissiez-vous n'en voir jamais rompre le cours !
Que des divinités la plus heureuse mère,
Latone vous protége ! et qu'un regard prospère

Fasse de votre hymen naître des descendants,
Héritiers des vertus de fortunés parents!
Que Vénus, en ce temps de mémorable époque,
Embrase vos deux cœurs d'un amour réciproque;
Que sur votre maison le Père souverain
Verse à profusion, de l'une et l'autre main,
L'abondance et la paix; et que, de race en race,
S'accroissant chaque jour, cette abondance passe
De génération en génération,
Au milieu du bonheur d'une étroite union!

    Heureux époux, adieu! Demain, dès que l'aurore
Ira vous annoncer que le jour vient d'éclore,
Auprès de nous encor tous deux soyez rendus;
Des hommages nouveaux vous sont encore dus.

# L'AMOUR VOLEUR

**Idylle XVII de Théocrite, imitée de l'Ode XL d'Anacréon.**

Un jour le jeune Cupidon,
N'apercevant pas une abeille,
Dormant dans le cotylédon
D'une belle rose vermeille,
Fut piqué par elle à la main.
Il pousse des cris, et soudain
S'envole à la voûte azurée
Près de la belle Cythérée.
Ah! que je souffre!.je me meurs!
Ma mère, cria-t-il, ma mère;
Certaine espèce de vipère
Ailée, et que les laboureurs

De son nom appellent abeille,
Vient de me piquer à la main,
Et me cause, par son venin,
Une souffrance sans pareille.
Mon enfant, dit Vénus, la rose est tes attraits;
Quant à l'insecte ailé, ris donc de sa piqûre,
Car reconnais, par ta blessure,
Quel mal doivent faire tes traits !

A. DUPUY Jeune.

## FIN.

OBSERVATION. — Cette brochure est envoyée *franco* à tous les *Amis des lettres* recommandés à l'auteur. Ils lui envoient ensuite (à l'adresse de M. A. Dupuy jeune, à Nyons, Drôme), sans qu'il prétende les y forcer, depuis un franc jusqu'à *un simple timbre-poste de 40 centimes*, pour témoigner du prix qu'ils ont eux-mêmes attaché à l'ouvrage après l'avoir lu, comme aussi pour contribuer aux frais d'impression et d'envoi. On est prié de vouloir bien donner, dans les réponses, quelques adresses d'*Amis des lettres* de sa connaissance, de sorte que le livre n'est envoyé qu'à des personnes recommandées par leurs amis.

Prix fixe pour MM. les libraires : 4 fr. les 6 exemplaires. On envoie deux exemplaires à MM. les directeurs de journaux qui veulent bien en faire le compte-rendu dans leur feuille.

Avignon. — Imp. adm. Gros frères.